RENSEIGNEMENTS GÉNÉRAUX

A∴ L∴ G∴ D∴ G∴ A∴ de l'U∴

RITE PRIMITIF & ORIGINEL
DE LA FRANC-MAÇONNERIE
(RITE SWEDENBORGIEN)

RENSEIGNEMENTS GÉNÉRAUX

SUR LA

LOGE ET TEMPLE DE PERFECTION

INRI (N° 14)

VALL∴ DE PARIS

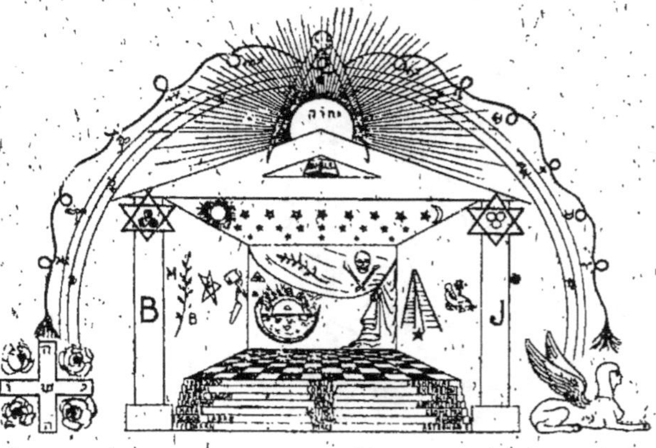

PARIS
PUBLICATIONS DU RITE SWEDENBORGIEN
(TEMPLE INRI)
7773 (E∴ V∴ 1900)

I

Avis officiel de Constitution
du Temple INRI

T∴ C∴ F∴

Nous avons l'honneur de vous faire part de l'Elévation dans la Vall∴ de Paris du Temple de Perfection INRI.

Ce Temple, placé sous l'obédience de la Grande Loge Swedenborgienne du Rite Primitif et Originel de La Franc-Maçonnerie, sera heureux de vous compter, soit parmi ses visiteurs, soit parmi ses membres.

Nous nous efforcerons de nous tenir toujours au-dessus de la sphère étroite des discussions locales, pour nous occuper spécialement de l'étude des hautes vérités Maç∴, trop délaissées dans la plupart des At∴

Quelles que soient vos opinions, vous êtes assuré, T∴ C∴ F∴, de rencontrer parmi nous la plus grande tolérance et la plus sincère Fraternité.

En attendant votre visite, veuillez nous croire

Frat∴ à Vous,
Le Conseil du Temple INRI.

(Adresser les demandes à l'Ecole Hermétique, 4, rue de Savoie, Paris).

A∴ L∴ G∴ D∴ G∴ A∴ de l'U∴

A Tous les Membres des Loges, Chapitres, Aréopages, régulièrement reconnus par nos FF∴ du Rite Primitif et Originel de la Franc-Maçonnerie, dit Rite Swedenborgien:

SALUT

Moi, John YARKER, 33e (Ecossais) 90e (Mizraim) 96e (Memphis) Suprême Grand Maître de la Grande Loge et Temple Swedenborgien pour la Grande-Bretagne et l'Irlande:

Considérant la nécessité d'établir en France un centre de Hautes Etudes Maçonniques où les FF∴ régulièrement pourvus au moins du grade de Maître puissent approfondir les Grandes Vérités enseignées dans nos Temples et s'approcher davantage de la vraie Lumière qui illumine tout Esprit libre et loyal:

Fais part, par la présente, de la Constitution à Paris de la Loge et Temple INRI, n° 14, placée sous Notre Obédience, et Régie par

les Règlements et Statuts du Rite Sweden-
borgien et qui sera présidée par Notre T∴
C∴ F∴ le Docteur Gérard ENCAUSSE, ré-
gulièrement reçu et initié dans tous les
Grades de Notre Rite Swedenborgien et
nommé Grand Maréchal de Notre Suprême
Grande Loge et Temple pour la Grande-
Bretagne et l'Irlande.

Donné à Manchester, le 15 janvier AD 1900
ou, *Ab Origine Symbolism:* 7773.

(Signé) JOHN YARKER.

*
* *

En exécution de la décision du Suprême
Grand Maître du Rite Swedenborgien et en
conformité de la Charte et des Diplômes,
à Nous régulièrement délivrés :
Nous soussigné :
Régulièrement reçu et initié dans tous
les grades du Rite Swedenborgien, Grand
Maréchal de la Grande Loge d'Angleterre
et d'Irlande, Premier Maître Président du
Temple INRI de Paris.
Frère Illuminé de la Rose-Croix, Membre
d'Honneur du Suprême Conseil de la So-
cietas Rosicruciana in Anglia, Grand Maître
de l'Ordre Martiniste, Officier de l'Instruction Publique, Officier de l'Ordre Impérial
du Medjidié, Chevalier de l'Ordre Royal

Militaire du Christ, Chevalier de l'Ordre National de Bolivar, etc., etc.

Déclarons par les Présentes constituer dans la Vall∴ de Paris A∴ L∴ G∴ D∴ G∴ A∴ de l'U∴ et sous l'Obédience du Suprême Conseil du Rite Swédenborgien

La Loge et Temple INRI (n° 14) à dater du mois de Mars 1900 (E∴ V∴), *Ab Origine Symb.* 7773.

Dr Gérard Encausse.

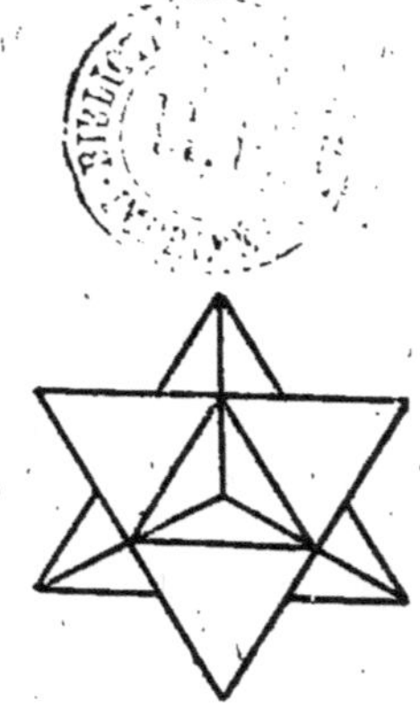

II

Renseignements Généraux

pour les FF∴ de Paris

Tenues

En exécution de la décision du Suprème Grand Maître du Rite Swedenborgien, nous avons l'honneur de vous faire part de l'ouverture à Paris, de la Loge et Temple INRI n° 14, qui tiendra mensuellement ses réunions ordinaires et, à époques variables, ses tenues extraordinaires.

Aux tenues ordinaires seront seuls reçus les Maçons réguliers des Rites reconnus à l'Etranger aussi bien qu'en France et pourvus au moins du grade de Maître. Ces FF∴ seront admis sur la présentation d'une carte spéciale et nominative, délivrée sur le vu de leur Diplôme. Ils seront reçus à titre de Visiteurs.

Aux tenues extraordinaires, seront admis, sur carte nominative, les invités des autres Rites à tous les grades, ainsi que les membres des Ordres et Fraternités désignés par le Président du Temple.

Les FF.·. désireux d'avoir une invitation
pour l'une des séances sont priés d'écrire
au nº 4, rue de Savoie, (Ecole Hermétique)
Paris. Ils recevront les cartes à leur domi-
cile.

*
* *

Le Temple INRI reçoit, après les enquêtes
et interrogations habituelles, tous les E.·.
de la V.·. pourvus au moins du grade de
M.·. du Rite Ecossais, à l'affiliation parmi
ses membres réguliers.

Les M.·. du Grand Orient de France sont
également reçus, mais avec dispense spéciale, car l'affiliation à notre Temple leur
ouvre les portes de beaucoup de Loges et
de Temples de l'Etranger. L'affiliation au
Temple INRI n'entraîne, de la part du F.·.
qui en est l'objet, aucune démission ni avis
dans sa Loge originelle.

Le temple est réellement couvert, non
seulement à l'intérieur, mais encore à l'ex-
térieur et aucun nom des membres affiliés
ne peut voir le jour sur une planche, sans
la demande expresse du F.·.

Le Temple INRI délivre les Grades Swe-
denborgiens correspondant au 4ᵉ, 18ᵉ et 30ᵈ
du Rite Ecossais.

Nous engageons tous nos FF.·. de tous
les Rites à demander une invitation à une

séance ouverte. Ils pourront ensuite faire, en connaissance de cause, une demande d'affiliation.

Les droits sont de 25 fr. par membre.

(Adresser les demandes par lettre au n° 4, rue de Savoie (Ecole Hermétique) à Paris).

Notes sur le Rite Swedenborgien

Le Rite Swedenborgien qui a pour but le Perfectionnement de l'Instruction Maç.·. reçoit dans ses temples tous les E.·. de la Vall.·. pourvus du Grade de Maître.

Ce Rite ne prétend supplanter aucun autre Rite, mais il est indépendant et agit par ses propres forces, offrant l'explication philosophique de la Science Maç.·. dans sa plus haute acception.

Les Doctrines renfermées dans certaines sections des « Arcanes Célestes » d'Emmanuel Swedenborg (d'où le Rite tire son nom et par les amis et frères en Maç.·. duquel le Rite fut reçu et restauré il y a environ un siècle) reçoivent d'amples développements. — Pour tous ceux qui s'intéressent aux plans les plus occultes du Grand Temple, ce Rite sera le bienvenu.

Locaux — Tuilage

Le Temple INRI s'est assuré, pour ses débuts, la possession des locaux nécessaires à ses tenues.

1. Un local ordinaire pouvant contenir 40 à 50 FF∴ et destiné aux tenues de Comité.

2. Un grand local avec entrée particulière, vestibule spécial et grande salle en amphithéâtre pour les tenues d'enseignement.

Le tuilage est opéré à l'entrée des salles par des FF∴ des divers Rites pratiqués en France et par des FF∴ de Rites Etrangers. — Les cartes nominatives accompagnées des diplômes sont rigoureusement exigées de la part des visiteurs, qui sont invités à toujours se munir de leurs décors.

*
**

Le Rite Swedenborgien est reconnu par les puissances Maç∴ de l'Etranger comme un des centres d'Instruction les plus élevés qui existent actuellement.

Il est nommé dans l'énumération des Rites pratiqués à l'Etranger dans tous les annuaires maç∴ complets. (L'annuaire du Grand-Orient pour 1899 cite ce Rite à la page 237).

Les Temples pratiquant ce Rite sont les suivants avec leurs numéros.

1. — EMMANUEL.
2. — EGYPTIAN.
3. — SAINT-JOHNS.
4. — SWEDENBORG.
5. — EDINA.
6. — ROYAL OSCAR.
7. — CAGLIOSTRO.
8. — HERMÈS.
9. — LIVERPOOL.
10. — BRITANNIA.
11. — PYTHAGOREAN.
12. — SAINT-HILDA.
13. — ERI.
14. — TEMPLE INRI, (Paris).

SUPREME GRAND LODGE AND TEMPLE

(LISTE DES GRANDS-OFFICIERS)

GRAND OFFICERS 1897-A.O.S. 7770.

M. W. Bro. John Yarker, P. M. 1.	Supreme Grand Master.	
R. W. „ W. Wynn Westcott, M. B., P. M. 1	„ „ Senior Warden.	
„ „ Robert Smith Brow, P. M. 5 ...	„ „ Junior Warden.	

(Who form the Supreme Grand Council).

V. W. Bro. C. Monck Wilson, W. M. 13 ...	Supreme Grand Treasurer.	
„ Richard Higham, W. M. 2 ...	„ „ Registrar.	
„ W. Wynn Westcott, M. B... P. M. 1	„ „ Secretary.	
„ H. B. Browne, W. M. 6	„ „ Chaplain.	
„ Docteur G. Encausse	„ „ Marshal.	
„ H. Kennedy Melville, S. W. 5 ...	„ Senior Grand Deacon.	
„ W. S. Hunter, J. W. 5	„ Junior Grand Deacon.	
„ A. W. Peebles, Sec. 5.	„ Grand Standard Bearer.	
„ W. Brackenbury, P. M. 6	„ Grand Sword Bearer.	
„ Henry Martin Green, P. M. 4		
„ Sholto Henry Hare, P. M. 2	„ „ Stewards.	
„ L. P. Respiradóux, S. W. 2		
„ George Kenning, P. M. 8 ...	„ „ Sumptuary.	
„ W. H. Quilliam, J. W. 6	„ „ Pursuivant.	
„ Alfred Molony, J. W. 13	„ „ Asst. Purst.	

Grand Masters of Provinces.

Bro. H. B. Browne, P. M. 6... ... ... Lancashire.

Foreign and Colonial Représentatives.

Bro. Capt. Constantine Moriou ...	To G. L. and T. of	Roumania.
„ Col. Henry S. Olcott	„ „	Bombay.
„ Charles Sotheran	„ „	New-York.
„ George F. Fort	„ „	New-Jersey, U. S. A.
„ Alexander Duncan	„ „	Cape Town, S. Africa.
„ M. V. Portman	„ „	The Andamans.
„ Count F. G. de Nichichievitch ...	„ „	Egypt.
„ Docteur G. Encausse	„ „	France.

CONCLUSION

Beaucoup de nos amis habitant l'Etranger désiraient trouver à Paris un At.·. vraiment spiritualiste et chrétien.

Beaucoup de FF.·. français demandaient la création d'un centre d'instruction Maç.·. ne s'occupant absolument pas de politique ni de questions locales déguisées sous l'apparence de discussions soi-disant philosophiques.

Enfin, beaucoup de FF.·. de tous les Rites déploraient l'absence en France d'un Rite affirmant hautement son caractère de défenseur et de conservateur des anciens et vénérables rituels symboliques.

La constitution du Temple INRI vient combler ces lacunes et remplir ces *desiderata*.

Ne faisant aucune initiation aux grades symboliques, notre Temple ne vient s'opposer à aucun At.·. d'aucun autre Rite. Étant un centre de perfectionnement et d'études sérieuses, notre temple ne détourne aucun F.·. de son At.·. régulier et originel. Aussi espérons-nous rencontrer partout la Frat∴ et la tolérance que nous nous efforcerons de montrer dans notre œuvre d'expansion.

Trop longtemps nos FF∴ de France ont été tenus à l'écart de la participation aux travaux de la Maç∴ Universelle. Trop souvent les Rituels originels ont été détruits sous prétexte d'adaptation à l'époque.

Nous venons élever avec confiance un Temple vraiment symbolique A∴ L∴ G∴ D∴ G∴ A∴ de l'U∴ et sous l'Obédience du Rite Swedenborgien dont les grands officiers sont connus par leur savoir et leur haute culture Maç∴ Nous demandons à nos FF∴ de ne nous juger ni d'après les calomnies que ne manqueront pas de répandre quelques adversaires mal informés, ni d'après les préjugés trop souvent supérieurs à la saine, raison mais seulement d'après nos travaux ouverts Frat∴ à tous les visiteurs.

Le Conseil du Temple INRI.